D1300142

Carretera León-La Coruña, km 5 - LEÓN (España)

Diseño y coordinación editorial: Editorial Everest, S. A.
Diseño de cubierta: Editorial Everest, S. A.

ISBN: 978-84-441-4805-2
Depósito legal: LE. 837-2014
Printed in Spain - Impreso en España

EDITORIAL EVERGRÁFICAS, S. L.
Carretera León-La Coruña, km 5
LEÓN (España)
Atención al cliente: 902 123 400

Fábulas

Ilustración de Isabel Valfigueira

everest

Índice

Esopo

Nació en Grecia en el siglo VI a. C. Su existencia está rodeada de incógnitas, pues ni siquiera se sabe a ciencia cierta si realmente vivió. Al parecer era un esclavo y viajaba con su amo, un filósofo. Tomó sus fábulas de la tradición y de las diversas situaciones cotidianas que le tocó observar.

La cigarra y la hormiga

Un día, en pleno invierno, cuando
las hormigas estaban poniendo en orden
su almacén, llegó una cigarra llamando a
la puerta.
—¿Qué quieres? —preguntaron
las hormigas mientras seguían barriendo,
limpiando y clasificando. Las hormigas
nunca dejaban de trabajar para hacer
preguntas o para esperar respuestas.
—Tengo mucha hambre —dijo la cigarra—.
Vosotras tenéis bastante comida en
el almacén. Por favor, dadme algo de
comer antes de que muera de hambre.

Las hormigas estaban tan impresionadas que soltaron sus rastrillos y escobas y se reunieron alrededor de la cigarra.

—¿Qué estuviste haciendo el verano pasado cuando la comida era tan abundante? —preguntaron—. ¿No estuviste fuera recolectando grano y almacenándolo para tener comida durante los fríos meses de invierno?

—La verdad —dijo la cigarra— es que estaba tan ocupada cantando y disfrutando del sol que no tuve tiempo de hacerlo.

—Si pasaste el verano cantando, puede que debas pasar el invierno bailando sin preocuparte en absoluto de comer —dijeron las hormigas. Recogieron sus rastrillos y sus escobas y volvieron al trabajo.

No ofrecieron un solo grano de trigo a la cigarra, que se fue hambrienta por no haber sido previsora.

El trabajo y el esfuerzo
siempre son recompensados.

El león y el ratón

Un feroz león dormía en su guarida cuando lo despertó un diminuto ratón que corría por su cuerpo. El león atrapó a la asustada criatura con sus enormes garras y abrió la boca para tragárselo.

—¡Por favor, oh, rey! —suplicó el ratoncito—. Perdonadme la vida esta vez y jamás olvidaré vuestra bondad. Es posible que algún día pueda corresponderos.

Al león le hizo tanta gracia esta idea que dejó marchar a la pobre criatura.

Algún tiempo más tarde, el león cayó en una trampa preparada por unos astutos cazadores. A pesar de su gran fuerza, no podía liberarse. Pronto el bosque retumbó con sus enfurecidos rugidos.

El ratoncito oyó al león y corrió a ver qué le pasaba. Tan pronto como lo vio, empezó a roer las cuerdas, y en poco tiempo lo liberó.
—¡Ya está! —dijo el ratón, todo orgulloso—. Os reísteis cuando os dije que correspondería a vuestra bondad, pero ya veis que incluso un diminuto ratón puede ayudar a un poderoso león.

No menospreciemos a los más débiles, pues podemos sorprendernos de lo que son capaces de hacer.

La liebre y la tortuga

Una liebre se estaba riendo de una tortuga.
—Eres muy lenta —le decía—, nunca te he visto darte prisa y supongo que no sabes cómo hacerlo.
—No te burles de mí —respondió la tortuga.
La liebre continuó con sus bromas hasta que, finalmente, la tortuga exclamó:
—Te apuesto lo que quieras a que si tú y yo hacemos una carrera, yo gano.
—No seas tonta —rio la liebre—, por supuesto que no ganarás.
—Vamos a verlo —contestó la tortuga.
—Muy bien —dijo la liebre—, si quieres quedar en ridículo…

Ambas pidieron a un zorro que fijara
el tramo de la carrera y que, asimismo, fuera
el juez. El zorro dio la señal de salida.
Pronto la tortuga quedó muy rezagada.
Cuando la meta se hallaba a la vista de
la liebre, esta miró hacia atrás. No había
rastro de la tortuga.
—¡Sabía que ocurriría de este modo!
—exclamó la liebre.
Entonces, se sentó debajo de un árbol y
esperó a que llegase la tortuga. Quería que
la tortuga la viese a *ella* entrar en la meta.
Calentaba el sol, lo que hizo que le entrara
el sueño.

Mientras tanto, la lenta y vieja tortuga continuaba caminando dificultosamente sin parar. Pasó delante del árbol bajo el cual se hallaba la liebre descansando. La liebre no la vio. Estaba durmiendo. No debería haber cerrado los ojos. Los abrió en el preciso momento en que la tortuga entraba en la meta.

—Ahora, ¿quién es el tonto? —preguntó la tortuga.

—Me imagino que yo —respondió la liebre.

La constancia todo lo vence.

El cuervo y la zorra

Un gran cuervo negro estaba sentado en la rama de un árbol con un trozo de queso en su pico cuando una zorra hambrienta lo vio. La zorra se acercó al árbol, miró hacia el cuervo y dijo:

—¡Qué pájaro tan espléndido eres! Tu belleza no tiene igual y el color de tus plumas es maravilloso. Si tu voz es tan dulce como tu aspecto, creo que eres el rey de los pájaros.

El cuervo se sintió muy halagado por los cumplidos de la zorra, y para demostrarle que podía cantar, abrió la boca y graznó. Por abrir el pico, el queso cayó al suelo, de donde la astuta zorra lo recogió con rapidez.

No te fíes de quienes te halagan,
pues no siempre son sinceros.

La Fontaine

Poeta francés nacido en el año 1621 y famoso por sus fábulas en verso. Escribió doce libros de fábulas inspiradas en relatos antiguos, pero también en vivencias que habían enriquecido su vida. Muchas de sus fábulas son una crítica a la sociedad de su época, con un tinte de ironía y mucho humor.

El león y el chivo

Un león hambriento caminaba por una montaña en busca de algún animal que pudiera convertirse en su presa, y así calmar su apetito.

—¡Si encontrara una cabrita o una ovejita...!

Mientras, su estómago no paraba de pedir comida de forma urgente. En ese momento vio que en otra montaña se encontraba un chivo pastando tranquilamente. ¡Por fin lo había encontrado! Pero su debilidad era tan grande que no se atrevía a saltar. Entonces se le ocurrió el siguiente engaño:

—¿Quieres que bajemos al valle? Así podremos comer hierbas más frescas y ricas que las que crecen por aquí.

Pero el chivo advirtió rápidamente las intenciones del león y respondió:

—¡Sí! Ya sé que las hierbas en el valle son mejores, pero lo comprobaré cuando tú te encuentres muy lejos.

A veces, una amable invitación esconde un engaño.

El gato y la zorra

El gato y la zorra, como si fueran dos santos, se fueron a peregrinar. Eran dos mentirosos que se dedicaron todo el viaje a matar gallinas y robar quesos. El camino era largo y aburrido y discutieron cómo acortarlo. Por fin dijo la zorra al gato:

—Te crees muy listo, y no sabes tanto como yo. Tengo una lista de trucos y engaños.

—Pues yo no me sé más que uno, pero vale por mil —respondió el gato.

Y vuelta a la disputa. Que sí, que no, estaban dale que dale cuando una jauría puso fin a su riña. Dijo el gato a la zorra:

—Busca en tu lista, busca en tus trucos una salida segura; yo ya la tengo.

Y diciendo esto, trepó al árbol más cercano. La zorra dio mil vueltas, todas inútiles; se escondió en cien rincones, escapó cien veces de los perros, se metió en todos los agujeros que encontró, pero ninguno le dio refugio; el humo la hizo salir de todos ellos, hasta que dos ágiles perros la atraparon.

Mejor es tener una sola idea, pero buena.

El león, el lobo y la zorra

Un león viejo y paralítico pedía un remedio para la vejez. Por eso, envió a buscar médicos entre todos los animales, y de todas partes vinieron los doctores con sus recetas. Muchas visitas le hicieron, pero faltó la de la zorra, que se quedó en su guarida. El lobo, que había acudido a visitar al viejo rey, hizo notar que la zorra no había acudido. Por ello, el rey mandó que en el acto llevaran a la zorra ante él.

Allí acudió, se presentó y, sospechando que el lobo la había denunciado, dijo al león:

—Sabed, señor, que mi ausencia se debe a que he estado viajando, con el fin de encontrar remedio para vuestra salud; he conocido doctores expertos a quienes he consultado y que me han asegurado que lo único que os hace falta es calor, pues los años lo han gastado. La piel caliente de un lobo será la mejor medicina, como un abrigo natural.

Pareció bien el remedio al rey y así mandó hacerlo. ¡Pobre lobo!

Los chismosos son castigados al fin,
de un modo u otro modo.

El caballo y el asno

Un hombre tenía un caballo y un asno.
Un día que ambos iban camino a la ciudad, el asno se sintió cansado y le dijo al caballo:
—Ayúdame con mi carga si te interesa un poco mi vida.
El caballo se hizo el sordo y no dijo nada.
El asno cayó víctima de la fatiga, muriendo allí mismo.
Viendo esto, el dueño echó toda la carga del asno sobre el caballo, incluso la piel del jumento. Entonces el caballo, suspirando, dijo:
—¡Qué mala suerte! ¡Por no haber querido cargar con un ligero fardo, ahora debo cargar con todo, y hasta con la piel del asno!

En este mundo hay que ayudarse unos a otros.

Félix María de Samaniego

Escritor español nacido en el año 1741. Es conocido por sus fábulas morales publicadas en varios tomos en 1784. El estilo de Samaniego es fresco y simple, y tiene claramente un fin moralizante y didáctico orientado a los niños, aunque sin perder de vista el gusto por la estética. Quería enseñar divirtiendo.

La zorra y la cigüeña

Un día la astuta zorra
a comer quiso invitar
a su amiga la cigüeña,
que lo aceptó sin dudar.

Pero cuando allí llegó,
por comida se encontró
un guiso oloroso y rico
en un plato chato y liso.

Por mucho que lo intentó,
no logró la pobre ave
enganchar al largo pico
ni un trozo de tan buen guiso.

—¿Qué te pasa, cigüeñita?
¿No te gusta la comida?
—se reía la raposa
sin reparo ni medida.

Transcurridos unos días,
la cigüeña decidió
invitar a la raposa
que, por supuesto, aceptó.

Pero cuando allí llegó,
por comida se encontró
rica sopa aprisionada
en jarra alta y alargada.

Intentó la hambrienta zorra
meter allí su hociquito,
pero no hubo manera,
pues era morro, y no pico.

—¿Qué te pasa, raposita?
¿No te gusta la comida
o prefieres rica carne
y no sopa calentita?

La zorra se fue enseguida
y aprendió esta enseñanza:

No te rías de los otros
sin esperar la venganza.

El león y la zorra

Un hoy muy viejo león,
desesperado,
muerto de hambre se encontró
y desdentado.

Cómo hacer para cazar
alguna pieza
era un arte a recordar
con gran tristeza.

Con ahínco perseguía
tiernas criaturas,
pero solo parecía
caricatura.

Entonces, ya agotado,
determinó
por todos ser visitado
sin excepción.

Esperaba en una cueva
la compañía,
y todo el que allí entraba
ya no salía.

Llegó el turno de la zorra,
que con astucia
observó lo que para otros
era minucia.

—Pasa, amiga, no seas tímida,
y a tu rey cuenta
si necesitas comida
o vestimenta.

»... A punto estoy de dejar
el mundo cruel,
para solo disfrutar
de cielo y miel.

—Su atención, mi rey, me halaga,
y precavida,
puedo afirmar que hay entrada
y no salida.

Y como dijo mi madre
siempre que pudo,

ser prudente y cuidadoso
es de sesudos.

La zorra y las uvas

Tranquilo, reposando, escuché un ruido
que alerta me mantuvo por un rato,
hasta que encontré, muy sorprendido,
a una intrépida zorra y su relato:

—Eran las doce y nada había cazado,
lo que tenía a mi cuerpo mareado;
y entonces vi en una parra colgado
el más dulce racimo de uvas soñado.

»Salté, brinqué, trepé con desventura,
pues claramente vi desde el esfuerzo
que, aunque mucho deseara aquel almuerzo,
la uva estaba verde y no madura.

La zorra me enseñó sin florituras
que, sintiendo que un empeño es en vano,
haré como hizo ella, con mesura,
y «no están maduras» diré ufano.

La tortuga y el águila

Érase una vez una tortuga
que quiso vivir nueva aventura.
Por eso al águila suplicaba
que a volar, por favor, la enseñara.

—Con cuatro lecciones, ni una más,
aprenderé seguro a volar,
y así podré visitar ciudades,
además de conocer amistades.

Pero el águila le aconsejó
que mejor cambiara de opinión,
que si ella sin alas fue creada,
mejor a la suerte no tentara.

Tanto la tortuga se empeñó
que el águila por fin accedió;
en el caparazón asió sus garras
y al cielo la elevó con sus dos alas.

—¿Te está gustando? —le preguntó.
Y antes de contestar, la soltó.
Imaginad cómo aterrizó:
¡nunca sintió tan tremendo dolor!

Y es que sabias son las sugerencias
de quien nos aconseja con prudencia.

Las dos ranas

En una tarde soleada
dos ranas estaban situadas
enfrentadas.

No, no es que fueran enemigas,
pero en diferentes lugares
residían.

Una era dichosa en el lago;
la otra, en el polvo del camino
empedrado.

La rana de agua en este caso
creyó advertir a su vecina
por si acaso:

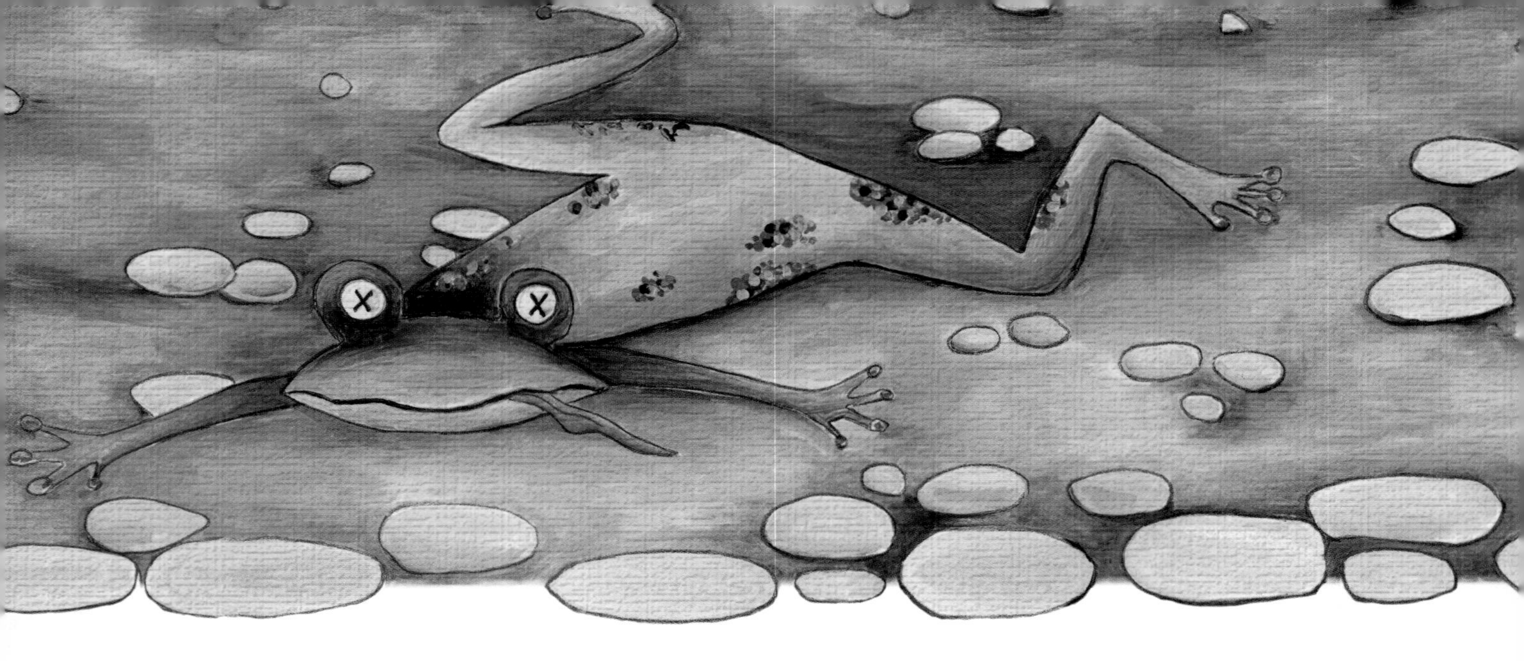

—Cuídate mucho, anfibio amado:
pies y ruedas pueden dejarte
aplastado.

—No seas pesada —respondió—,
en cientos de años eso nunca
ocurrió.

Y llegó un carro así lo dijo,
que a la pobre rana aplastó
sin aviso.

*Ya sabes que caso has de hacer
a quien te advierte sin ningún
interés.*

Tomás de Iriarte

Escritor, poeta y traductor español nacido en el año 1750. Se hizo conocido por la publicación de sus Fábulas literarias en 1782, obra que destacó por su calidad literaria. Escribía sus fábulas en verso e, igual que otros fabulistas, teñía de un tono irónico y de crítica a sus contemporáneos.

Los dos conejos

Nunca vi correr de aquella manera
a un conejo blanco, sorprendente pieza.

No diré corría, volaba el gazapo,
como perseguido por diablo malo.

En aquel estado otro lo encontró
y más que intrigado, esto preguntó:

—¿Qué te pasa, amigo, que tanto aceleras,
corre que te corre, parece que vuelas?

—Sin aliento llego después de escapar
de dos galgos grandes, veloces, sin par.

—¿De aquellos de allí, que a lo lejos veo?
Sí, pero ¿son galgos? No, que son podencos.

—Son galgos, te digo, que cerca los vi.
tan cerca, tan cerca, que creí morir.

Son galgos, podencos, son galgos, podencos…
Y en tal discusión, se les pasó el tiempo.

El tiempo y la vida, pues cuando quisieron
aclarar el tema, llegaron los perros.

Esto has de saber: a tiempo apremiante,
deja lo pequeño, vete a lo importante.

El burro flautista

Por un caminito, alto y empinado,
iba un borriquillo algo ensimismado;
pero un palo largo lo hizo tropezar
y el pobre borrico tuvo que parar.

¿Qué será?

Era una flauta que algún pobre incauto
habría perdido al ir dando saltos
desde aquella escuela hacia aquel hogar:
seguro, sus padres se iban a enfadar.

¿Nada más?

El borrico al verla se acercó a oler,
y dio un resoplido, así sin querer,
que arrancó el sonido al tal instrumento
provocando al asno sorpresa y contento.

¿Y ya está?

—Qué bien sé tocar sin yo dominar
ritmos, melodías… magia musical,
pues está bien claro que esto es debido
a cierto talento poco conocido.

¿Así sin más?

Ya sabes, amigo, que si a la primera
sin arte ni tino, tu maña es certera,
no será talento ni habilidad
sino clara y pura casualidad.

La rana y la gallina

Desde su charco una rana parlanchina
oyó cacarear a una gallina.

—Vaya —le dijo—, nunca pensé que fueras una vecina tan molesta. ¿Para qué tanto jaleo?

—Bueno, para anunciar que estoy poniendo un huevo.

—¿Un huevo solo? ¡Y alborotas tanto!

—Un huevo solo; sí, señora mía. ¿Esto te extraña cuando yo no me espanto de oírte cómo graznas noche y día? Yo, por lo menos, pongo un huevo y lo anuncio a todo el mundo; dado que tú no haces nada, rana, mejor cierra el pico.

El que trabaja, puede pregonarlo;
el que no hace nada, mejor que se calle.

El canario y el grajo

Era un canario que trabajó mucho para que su canto fuese dulce y melodioso. Con esfuerzo logró divertir y gustar a muchos, alcanzando gran fama. Un ruiseñor extranjero, bastante conocido, habló muy bien de él, lo que animó mucho al canario. Esto le hizo alcanzar mayor fama, pero también despertó las envidias de muchos.

Así, un grajo, que ni cantaba ni nada, quiso hacerse famoso criticando al canario. Se empeñó en demostrar a todos que no era sino un borrico, y que lo que en él había pasado por verdadera música era, en realidad, un continuado rebuzno.

Se extendió entre los animales la fama de tan nueva maravilla, y vinieron a ver cómo un canario se había vuelto burro. Desanimado el canario, no quería ya cantar; hasta que el águila, reina de las aves, le mandó que cantase para ver si, en efecto, rebuznaba. Abrió el pico el canario y cantó maravillosamente. Entonces el águila, enfadada por la mentira del grajo, quiso castigarlo y le pidió que cantase. Pero cuando el grajo quiso hacerlo, empezó a rebuznar. Todos los animales se rieron:

«Al final se ha vuelto asno el que quiso hacer asno al canario».

El que por envidia critica a los demás,
suele criticarse a sí mismo.